Armo Kristuksessa

Paavo Räisänen

Olen julkaissut aiemmin BoD:in kustantamana useita kirjoja.
Kirjailija sivuni: www.kirja-lakka.com

© 2024 Paavo Räisänen

Kustantaja: BoD · Books on Demand GmbH, Helsinki, Suomi
Kirjapaino: Libri Plureos GmbH, Hampuri, Saksa

ISBN: 978-952-80-8566-9

On tapahtunut Pyhän Hengen pilkka, sovittamaton, joka on paljon pahempi. Jos saatana polttaa ruumiinsa lämmöksi temppelissään, hän tekee sen sitten. Hän leikkaa elävästä ihmisestä paistinkin ja syö sen aterialla raakana yhdessä uhrinsa kanssa. Koska uskovaisen ruumis on Kristuksen ruumis maan päällä, saatanan himo on saada syödä uskovaisen lihaa aterialla. Ei hän kuitenkaan niin Kristuksen ruumista itselleen saa. Mutta hän uskottelee kyllä niin ja ihmiset uskovat, mitä hän valehtelee.

saatanalla on luolassaan käärme. Mies. Hän on nainut paljon naisia ja tehnyt näistä pappejaan. Ja luolassa on antikristus lihassa ja on papittariensa herra ja käärme istuu kuuliaisena kuuntelemassa hänen saarnaansa. Ja naiset synnyttävät lapsia luolan lastenkamariin ja tekevät heistä uusia antikristuksia, käärmeitä ja vaikka drag taiteilijoita, sekä pornotähtien vartijoita ja opettajia.

Te näette, että ilmasto ja luomakunta on sekaisin. Minne hävisivät Nagasakin ja Hirosiman ydinpommien saasteet? Niiden hajoamisaika on jotain miljoona vuotta. Jumala voi puhdistaa ilmaston ja vaikuttaa ilmakehän lämpötilaan. saatana ei onnistu tuhoamaan maailmaa. Se pelottelee sillä, mutta se ei edes ole kaikkitietävä, se ei edes tiennyt kaikkea, mitä teille on nyt kerrottu.

Te ette ole ymmärtäneet tätä salaisuutta. Apostoli Johannes oli yksin Patmosluodolla, eikä hänellä ollut kirjoitusvälineitä. Hän näki omin silmin taivaalla ihmeitä. Hän saneli Jumalan enkelille ajatuksena, mitä näki ja Jumalan Enkeli vei kirjeen hänen nimissään vastaanottajalle, joka kirjoitti sen enkelin sanelun mukaan ylös. Näin Jumala toimii, ettekä te, en minä, eikä teistä kukaan tiedä, mitä viestejä apostolit lähettivät ympäri maailman enkelien viemänä ennen mestaustaan, joka tapahtui Jumalan toimesta, sillä Jumala otti heidät mestauksen kautta pois.

Kerron tämän. Pyhän Hengen pilkan tekee joko väärä profeetta saatanan toimeksiannosta, tai saatanan enkeli. Moni otti saatanan opin ja saatanan enkeli laittoi tekemään Pyhän Hengen pilkan. Jeesus tuomitsi saatanan ja sen enkelit. Jäljelle jää tuomittu liha ja kukin saa sen jälkeen, mitä lihassansa tehnyt on, oli se hyvä, eli paha, kuten Raamattu opettaa. amen.

Minä olen aina halunnut kuulla sen, mitä kaikki haluavat minulle opettaa ja en muka tajua. Hääyö oikein menee niin, että mies menee eri huoneeseen, riisuuntuu siellä, sillä aikaa, kun morsian riisuuntuu morsiuskamarissa. Mies palaa morsiamensa tykö ja ihailee häntä hetken, kunnes morsian asettuu selälleen häävuoteelle ja levittää raajansa. Mies saa tässä vaiheessa erektion ja hän ohjaa siittimensä naisen emättimeen. He tuntevat toisensa ja rakastavat toisiaan ja aikansa siitintä liikuteltuaan mies lähenee erektio hetkeä. Hän rukoilee nyt Kaikkivaltiasta Jumalaa, jos Hän antaisi hänelle ensimmäisen lapsen. Ja he siittävät poikia ja tyttäriä ja he muuttuvat yhdeksi lihaksi ja heidän verensä sekoittuvat ja he rakastavat toisiaan hyvin paljon.

On ihmisiä, jotka haluavat kuulla, että kaikilla on ongelmia. Heidän herrallaan saatanalla on paha ongelma. Hänen kirottu lihansa on jo helvettiin tuomittu, hän ei voi tehdä parannusta ja hän haluaa kaikki mukaansa kadotukseen ja helvetin tuleen, luomalla heille ongelmia, jotta he ottaisivat häneltä avun.

Oli ihminen

oli hänen kunnianhimonsa

näki saatana tilaisuuden

lähetti helvetin enkelinsä

perusti kirjallisuus palkintonsa

palkitsi kaikesta

mistä hän näki

saavansa aikaan

väärän tuomion

Oli harhaoppi, että käärme on nainen ja mies on aina jonkun naisen. Ei pidä paikkaansa. saatana tekee miehestä käärmeen ja antikristuksen ja muut luomuksensa, kuten pedot ja he tekevät huorin naiset ja antavat niiden sanoa olevansa mitä milloinkin ja he tulevat ihmisten ilmoille ja ihmiset näkevät heidät ja uskovat, eivätkä tiedä, mitä pimennossa tapahtuu ja saatanan temppeleissä, josta saatana mm johtaa, mutta hän tekee huorin luomuksiaan kaikkialle ja miehen kautta hän tekonsa tekee.

Jumala näytti tämän. Hän ei antanut piispan sauvaa, eikä hiippaa. Sanan kuulossa ja kirkossa kuuluu miehen olla avopäin. Myös ja eritoten papin. Piispa tekee hirvittävän synnin, että käyttää antikristuksen antamaa hiippaa ja sauvaa, joka on varastettu kuninkaan valtikka, eikä Jumala antanut sitäkään. Jumala antoi paimensauvan, ei kuulu kirkkoon.

Minä voin kertoa jotain Saaban kuningattaren ja Salomon tapaamisesta. Salomo vastasi tämän käärmeen jokaiseen kysymykseen ja kysymykset olivat vaikeita, koskivat asioita, jotka olivat elämän salaisuus ja vain Jumala pystyi antamaan Salomolle vastauksen. Käärme oli lyöty. Hän nukkui samassa linnassa Salomon kanssa ja hänen palvelijansa oli ovenvartijana. Vartija todisti, että Salomo meni yöllä kunigattaren huoneeseen. Kun kuningatar palasi Etiopiaan, kärme tuli raskaaksi ja sanoi maanneensa pitkiin aikoihin vain Salomon kanssa ja palvelija todisti vierailun. Tosiasiassa kuningatar oli tehnyt koko matkansa huorin monen miehen kanssa, eikä tiennyt kenen lapsi hänelle syntyi. Tästä palvelijasta tuli hirveä sulttaanin palvelija tapainen murjaani sapelimies, jonka kuningatar lopuksi teloitti rituaalin omaisesti uskollisuuden merkkinä. Salomo ei käynyt tämän huoran huoneessa. Hänellä oli jopa oma todistajansa asiasta. Myös Salomoa vartioi uskollinen, aseistettu vartija.

13

Minä voin kertoa teille jotain Apogryfikirjojen ja Raamatun erosta. Raamatun kertomukset ovat ihmisen todistus tapahtumista. Ne ovat tosia havaintoja. Esim. Danielin taistelu baabelin belliä ja lohikäärmettä vastaan on totta, tositapahtumia, mutta Jumalan enkelin, Rafaelin todistus tapahtumista, miten enkeli näytti tapahtuneen ja tämä on ilmeisesti totuus myös historiasta Danielista ja Susannasta. Se on tosikertomus, mutta Jumalan enkelin kertoma.

Teille kerrotaan nyt tämä. Jeesus tiesi kaiken. Hän oli Jumala. saatana meni Juudakseen. Jeesus salli tämän. saatana oli väittänyt surmaavansa Jeesuksen. saatana itki. hänen on tehtävä se ja otettava tuomio mahdottomasta teosta, mihin ei pysty ja hän meni sotilaiden ja ylimmäisten luo, valehteli, että pystyy kavaltamaan Jeesuksen ja Jeesus painoi Pyhän päänsä saatanan edessä, "suutele nyt, koska väität pystyväsi siihen". Jumala puhui sotilaille. Heillä oli Jumala, vaikka he olivat roomalaisia. Teidän on naulittava Jeesus ristinpuulle, Jumala käski heidän tehdä sen. He eivät tehneet syntiä. Jumala olisi teloittanut heidät helvettiin, jos eivät täytä sotilaan tehtävää. Mutta muutamat lankesivat ristin ala. He pilkkasivat. He ottivat saatanan ja heidän oli myöhäistä katua. Jeesushan sanoi "Isä, anna heille anteeksi, he eivät tiedä, mitä he tekevät." Hän ei syyttänyt sotilaita. Mutta saatana valehteli. Ette voi saada anteeksi. Opetuslapset ja apostolit kertoivat totuuden. Kornelius ja muutama muu uskoi. Jeesus ei syyttänyt heitä.

Tepä ette tiedä, mitä enkeli Rafael ilmoitti Lutherille ja mitä hän tarkoitti. Luther kirjoitti UT esipuheeseen: "älkää tehkö Mooseksesta Kristusta". Tämä on ilmoitettu totuus. Mooses oli arka pelkuri, koko mies. Jeesus kohtasi hänet Siinain vuorella, tuomitsi ja antoi lain. Mooses pelkäsi. Hänestä ei koskaan ollut Kristukseksi tuomitsemaan koko maailma ja kirjoittamaan ankara laki. Jeesus teki sen hänen puolestaan. Joten totta on: ei Mooseksesta koskaan tule Kristusta.

Teille kerrotaan nyt tämä. Jeesus tiesi kaiken. Hän oli Jumala. saatana meni Juudakseen. Jeesus salli tämän. saatana oli väittänyt surmaavansa Jeesuksen. saatana itki. hänen on tehtävä se ja otettava tuomio mahdottomasta teosta, mihin ei pysty ja hän meni sotilaiden ja ylimmäisten luo, valehteli, että pystyy kavaltamaan Jeesuksen ja Jeesus painoi Pyhän päänsä saatanan edessä, "suutele nyt, koska väität pystyväsi siihen". Jumala puhui sotilaille. Heillä oli Jumala, vaikka he olivat roomalaisia. Teidän on naulittava Jeesus ristinpuulle, Jumala käski heidän tehdä sen. He eivät tehneet syntiä. Jumala olisi teloittanut heidät helvettiin, jos eivät täytä sotilaan tehtävää. Mutta muutamat lankesivat ristin ala. He pilkkasivat. He ottivat saatanan ja heidän oli myöhäistä katua. Jeesushan sanoi "Isä, anna heille anteeksi, he eivät tiedä, mitä he tekevät." Hän ei syyttänyt sotilaita. Mutta saatana valehteli. Ette voi saada anteeksi. Opetuslapset ja apostolit kertoivat totuuden. Kornelius ja muutama muu uskoi. Jeesus ei syyttänyt heitä.

saatana sai nimenomaan länsimaat lankeamaan. Se hämmensi meidät. Me emme saaneet lähteä tutkimaan maailmaa muuten kuin lähetysmatkoille. Kaikki tarvittava olisi kerrottu, kun kohtaamme uusia kansoja. Nyt saatana laittoi tutkimaan koko maailman. Meitä hämmensi, mitä ovat esim. itämaiset opit, jotka ovat outoja ja kuitenkin he tunnustavat Jumalan. Jos olisimme kävelleet sinne lähetysmatkalla, meille olisi kerrottu, mitä meidän kuuluu tietää.

Katso

Jumalan maja ihmisten keskellä

Kristuksen kirkko

ei Jumala asu käsillä tehdyissä rakennelmissa

saatana on rakentanut loistokkaita rakennelmia

kuin palvelisi kirkoillaan

itseään ja sanoo Jumalaa

antikristus

Loistaa näin kirkkojen alttaritauluista

tuomitut enkelit

hoivaavat Jeesusta

Ei saanut tehdä Jumalasta kuvaa

Jeesus on Jumala

mahdoton kuvata

kuka vangitsee kuvaan taivaan enkelin

mies kiiltävissä vaatteissa on hän

sanansaattaja

sotilas Jumalan

Hän Kristus

asuu omiensa sydämissä

Kulkee veljenä seurassamme

kuoleman voittaja

Veriylkä taivainen

saatanalla on temppelissään lastenkamari. Hänen huoransa synnyttävät sinne lapsia. Heitä naidaan joka reikään jo vauvasta alkaen. Opetetaan yhtymään viisi vuotiaasta, neljästäkin. antikristuksella on oma raamattu. Opettaa sen lapsilleen. Temppelissä asuu käärme. Tekee naiset huorin. Käärme on mies, pahuuden täyttämä. Näin hän tekee naispapin. Kadotettu sielu, saatanan tekemä käärme makaa hänet. antikristus antaa pyhän naiselle. Nimittää papiksi. Yhdessä he tekevät fariseuksen, kirotun miespapin. Lapsista tehdään näin. Naispappeja, fariseuksia, drag taiteilijoita, vartijoita ja kouluttajia pornostudioihin. Näin saatana hallitsee pimeydessä. Tulee esille kirkossa. Tuomitut enkelit laulavat. saatana lyö rumpua. Helvetin enkeli soittaa sähkökitaraa. Käärme tanssii kadotetun tanssiaan. Tuomittu enkeli laulaa. Jossain Geedarin majoilla. Herran kansa odottaa levossa. Päivää autuasta. Jolloin Jeesus noutaa omansa kotia.

"Rukoilkaa, ettei teidän pakonne tapahdu talvella"

sillä tulee päivä

jolloin sisälmäinen kuori

syöstään temppelistä

kuka katsoo takaisin

synnin Egyptiin

ei hänellä ole Jumalaa

kuin Lootin vaimo

rakastaa hän hekumaa

tuomittuja enkeleitä

saatanan naiskäärmettä

Jeesus antoi itsensä omilleen

vain Hänessä on pelastus

veljemme Hän on

Hän on siellä

missä Hänen omansa

saatanalla on rangaistuslaitos. Hänellä on siellä profeettansa. Puhuu seksuaalisesta alistamisesta. Vihaa Jumalan omaa, sillä hän on tuomittu ja ei hänellä ole Jumalaa. Freud oli hänen profeettansa. käärme, kadotettu mies teki huorin käärmeitä. käärmeet opettivat seksuaalisuuden freudille. saatana loi näiskäärmeitä ja kirottuja miehiä kaikkialle maan päälle. Todisti heidän avullaan oppinsa oikeaksi. Valloitti länsimaailman. Koitti päivä käärmeen metsästäjän. Sana aseenaan. Rafael, Ylienkeli oli hänen apunaan. Voi käärmettä. Tuomittua.

Huusi erämaassa, pohjoisessa ääni. Ajoi takaa käärmettä, kirottua miestä pitkin maata. Ylienkeli Rafael oli hänen takanaan. Raattama yksi profeettansa. Pienet profeetat kulkivat kuin Herran enkelit pitkin maata. Nousi kadotettuja harhaanjohtajia. Puhuivat herätysliikkeistä. saatanan he olivat teko. Vaativat Jumalan profeetalta profeetan. saatanalta he profeettansa saivat. Kadotetut miehet. Näkijä vaimot. Henkien palvojat, murhaajat, kuin Ruotsalainen. Helvetin enkeli uusherännyt, vei suuren osan Herran laumasta. Langennut enkeli oli rukoilevaisten Jumala. Antikristus evankelisten Jeesus. Tuomittuja. Saako helvetin laumasta. Enää kukaan parannusta.

Jumala loi Jeesuksessa alkukirkon. Pieniä profeettoja olivat kirkkoisät. Eivät hyväksyneet nimeään, jälkikäteen annettua. Jumala antoi vain Rooman piispan. Murhattiin, jätti kaiken omilleen. Periytynyt meille. saatana loi antikristuksen, paavin, Perusti kirkkonsa. Tuhosi melkein alkukirkon. Luther loi suojaksi Luterilaisen kirkon. Antoi opin helvettiin aikoville. Jätti Sanan postilloissaan. Sillä hän oli herättäjä, profeetta hänkin. Ihmiset eivät uskoneet. Luther antoi heille kadotetun Katekismuksen. Tietäen. Joka siihen uskoo, on helvettituomio varma. emme uskoneet. Epäilimme Lutherin uskoa. Meinattiin erottaa kirkosta. Luther antoi meille kirkon suojaksi toimia. Kadotettujen piispojen keskellä. saatanan antama hiippa päässään. Sillä papin on näytettävä esimerkkiä. Sauva on saatanan antama symboli. Paljastettu on oltava miehen pää Sanan kuulossa. Vain puinen matkasauva, jäi kulkijoille erämaan sauvaksi. Paimensauva Vapahtajan kädessä. Valtikka on kuninkaan kahle. saatana antoi hänelle kahleeksi. Ettei tekisi parannusta. Herran laumaan.

Jumalalla oli profeettoja maa täynnä. Kuin Herran enkelit he levittivät sanaa. Oli Ville Suutari. Paini saatanan kanssa ja ajoi hänet valtamerien taa. Tuli päivä uusi. Tähdet tippuivat taivaalta. saatana kutsuttiin takaisin Suomeen. Hänen saarnansa oli suloinen. Miellytti kirkkoa. Hän oli jo antikristus. Ei puhutellut synnistä. "Kirottuja ovat Lestadiolaiset saarnamiehet. Tuomitsee heidän Kristuksensa." Opetti saatana antikristus. Tuli tuomio antikristuksen. Valtikka annettu takaisin Herran omille. Jeesus torjui, voitti perkeleen vallan. Tähdet syttyivät taasen taivaalle. Entistä kirkkaampana ne loistavat. Vieden Herran Sanaa yli maan piirin. "Sillä ei sitä kaupunkia voi peittää, joka vuorella on." Vuori on peruskallio Kristus. Hän sen pää. Vuorella Herran lauma. Lunastettu. Verellä he ovat valkaisseet vaatteensa.

Jumala loi Paratiisiin Adamin maan tomusta. Vaimon, Eevan hänelle miehen kylkiluusta. Kymmeniä tuhansia vuosia he asuivat kahden Paratiisissa. Miehessä oli himo. Synnitön. Hän himoitsi vaimoaan ja vaimo piti siitä. Maan päällä olivat muinaiset kansat. Synnittömät. Olivat sademetsien ajat, dinosaurusten. Kansa ajalla sen. Jumala peitti sen maalla. Tulivat kivikauden kansat. Synnittömät. N. 6000 vuotta sitten ihminen lankesi Paratiisissa. Jumala karkoitti ihmisparin Paratiisista. Antoi käskyn lisääntyä ja täyttää maa. Miehen himoon tuli synti. Naisen vereen käärmeen pisto. Ja Jumala loi ihmisiä. Se lukee Raamatussa. Hän loi taivaan täytteen Jumalan poikia ja tyttäriä. Lukee Raamatussa. Hän otti kansat pois maan päältä. Laski taivaasta eri väriset kansat ympäri maapallon. Aadamin lankeemuksen takia kaikki ihmiset tulivat osallisiksi synnistä. Lukee Raamatussa. Heille kaikille annettiin lupaus Jeesuksesta. Heitä vartioivat Jumalan enkelit. saatana vietteli ihmisiä ja enkeleitä. He lankesivat. Loivat kuninkaita ja uusia uskontoja. Enkelit jotka saatana oli vietellyt, antoivat näitä.

Jeesus ei syntynyt Marian munasolusta. Pyhä Henki verhosi Marian ja Jeesus lapsen sikiö annettiin Marian kohtuun taivaasta. Hieman näin mekin synnymme. Vain Aadam luotiin maan tomusta. Vain Eeva miehen kylkiluusta. Lapset on luotu taivaaseen ja he elävät Siellä He ovat Jumalan poikia ja Jeesuksen morsiamia. Sikiäminen tapahtuu hedelmöityksen kautta. Ei synny uutta elämää. Joskus sen saa ehkäistä. Vakavan sairauden takia tai on maita, kuten Kiina, jossa maahan ei enää mahdu ihmisiä. Jumala antaa vauvan äidin kohtuun taivaasta sikiönä.

Minä en tunne täysin historiaa, mutta jotain. Kustaa Vaasa oli talonpoika, josta tuli hyvä kuningas. Pakeni saatanaa jopa Suomeen. Oli herännyt omatunto. Otti tietääkseni Suomesta maalaistytön vaimokseen. Otti Luterilaisuuden Ruotsiin. Teki oikein. Kirkolta omaisuus pois. Kuuluu kuninkaalle. Maallinen. Herran palvelijan kuuluu olla köyhä, alhainen. Tuli jumalaton kuningatar. Konventikkeliplakaatti. Yritti hävittää profeetat maasta. Naispappeuden edeltäjä. "Hyvä, jumalinen nainen." Estän Jumalan työn maassa. Luon kirkkojärjestyksen, uuden piispan viran. Langennut. saatanan ase kuninkaan hovissa. Kadottu.

Me olemme ehtoollisella itsensä Herramme Jeesuksen Kristuksen edessä, joka tarjoaa meille ruumiinsa ja verensä muistoateriana itsestään, sillä meidän ruumiimme on Kristuksen ruumis ja Hänen verensä on syntiemme sovitus. Kyse ei ole salaisuudesta, se ei ole mystinen tapahtuma. Herramme Jeesus Kristus tarjoaa sen meille ja sanoo: tehkää tämä minun muistokseni. Sen vastaanottaminen vaatii täysin uskovaisen sydämen.

Jeesus ei kertonut, kuinka avioliittoon vihitään. Perheen isä siunasi aiemmin poikansa avioliittoon tyttärensä kanssa. Tätä tapaa ei ole poistettu Raamatussa. Kätten päälle paneminen Raamatun edessä ja siunaus riittää avioliittolupauksen antaneelle parille.

Suomalaisten ukko ylijumala ja kalevalan jumaltarut ja antiikin jumalat ovat olleet olemassa. He olivat langenneita Jumalan enkeleitä, joiden piti vartioida kansoja. He lankesivat ja kun sanoma Jeesuksesta tuli apostolien lähettiläiden, Jeesuksen lähettiläiden mukana, he katuivat ja antoivat tehdä itsestään ja opistaan taruja.

ahti ja seireenit ovat kapinoivia enkeleitä. He eivät aio koskaan tehdä parannusta ja päästä enkeleiden taivaaseen, vaan ovat valinneet enkeleiden helvetin, joka on kauhea paikka. Merenneito on kiltti langenneiden enkelien luomus.

Jeesus ei ollut Daavidin poika. Ihmisten epäusko laittoi sanomaan niin. "Hän on puuseppä Joosefin poika. Mehän tunnemme hänen isänsä. Kuinka hän sanoo olevansa Jumalan poika. Katsokaa, hän on läpeensä syntinen." Jeesus oli kyllä Daavidin isän, Isain huonetta ja sukua sen perheen polviluvun mukaan, johon Hän oli syntynyt.

Itämaan tietäjät eivät olleet ystäviä. saatana vietteli, kuin tänäkin aikana heidän kauttaan Jeesus lasta. He toivat maallisia rikkauksia ja houkutuksia Jumalan Pojalle, jonka tie oli nöyrä, alhainen. saatana kumartaa aina kuningasta ja katsokaa hänen nöyrä ilmeensä.

Etelä Amerikan vuoristoissa sademetsien suojissa eli ihmeellinen intiaani kulttuuri. Jumala laski sinnekin syntiinlankeemuksen jälkeen kansan Jumalan poikia ja tyttäriä, vartioivat Jumalan enkelit, mutta myös saatana kiusasi heitä. He saivat VT tapaisen luontais elinkeino kulttuurin. He saivat myös saarnaviran. Mutta saatana kiusasi heitä ja he eivät tyytyneet tuomarien tapaisiin profeettoihin, kuten ei Israelin kansakaan, vaan halusivat hallitsijan. Enkelitkin lankesivat ja antoivat Auringon Pojan. Se oli nuoren uskovaisen pojan viettelys. Olenko seuraava Auringon Poika. Langenneet enkelit alkoivat antaa pappis virkoja. Oli temppeleitä, joissa oli saatana papin virassa mukana. Hän vaati ihmisuhrit. Oli Jumalaan uskovia pappeja, jotka saatanan vaatimuksesta kuin verta itkien uhrasivat Jumalalle ihmisen, koska saatana vaati uhraamaan. Samoin kuin Egyptin pyramideissa, Inkojen haudoissa oli kalleuksia. Niissä haudoissa ei maannut Inka, eikä muumio, jonka alkuperää emme tiedä, ollut faarao. Faarao oli umpeen muuratussa kammiossa, jossa oli vain kivivuode ja ruumis, Inka jossain muualla. Hautakammiossa, missä sanottiin faaraon olevan ja jonne saatettiin haudata elävänä hänen uskollisimmat palvelijat ja jotka tunsivat salaisuuden, tai haudassa, missä sanottiin Inkan makaavan, oli enkelien käskystä haudattuna kaikki se maallinen omaisuus, joka oli vietellyt nuoren uskovaisen pojan epäuskon tielle, hänen viettelyksensä. Haudanryöstäjä on aina saatanan enkeli ihmisen hahmossa. Hauta on Pyhä vainajan viimeinen leposija, jonne ei ole lupa katsoa, eikä sieltä saa ottaa mitään. Monet haudanryöstäjät kuolivat selittämättömästi. Jumala rankaisi heitä.

Etelä Amerikassa säilyi elävä usko. Kun valkoiset suurilla laivoilla tulivat sen rannoille, intiaanit tulivat tervehtimään Jumalan lähettiläitä, jotka olivat heidän uskonsa mukaan tulossa tuomassa viestiä heidän Vapahtajastaan Jeesuksesta, sillä kaikkialla maan päällä tapahtui ihme Jeesuksen syntyessä ja Hänen kuollessaan ja heidän enkelinsä osasivat selittää Vapahtajan syntyneen ja sovittaneen synnit. Heitä vastaan tulivat kuitenkin valloittajat, sotilaat ja paavin piispa pappeineen. He katsoivat: sekarotuinen kirottu liha. Me teemme heistä kasteella ihmisiä ja he murhasivat uskovaiset ihmiset sillä ja tappoivat heitä ja valloittivat maan ja tämän tapaista tapahtui myös Afrikassa, tummaihoiset uskoivat vielä, mutta kirkon kasteopetus näki kirottua ihmislihaa. Sensijaan itämaissa vartioivilla enkelillä oli oppeja, joilla he torjuivat murhaajien tuomat väärät saarnat Jeesuksesta kokonaan ja jäivät odottamaan elävää Jumalan Valtakuntaa.

Minä en usko, että Apostoli Johannes kannettiin vanhana seuroihin. Enkeli Rafael sanoi minulle, hän eli n. 80 vuotiaaksi. Hän säilytti kävelykykynsä lähes loppuun asti ja kun hän makasi kuolinvuoteellaan, uskovaiset tulivat pitämään seurat hänen luokseen. Älkää uskoko kirjoituksiin, joita saatana on kätkenyt ja antaa löytää ja hän kertoo salakavalasti perimätietoa, jota tunnemme juorun nimellä.

Jeesuksen tuskat ristillä olivat hirvittävät, eikä niitä lievitetty kuten orjalaivojen uhreilla tai kidutetuilla, esim. tajuttomuudella. Jumalan uhrituli murskasi Jeesuksen lihaksi, ja hän oli liha, mies, Kristus. Jumala pakotti saatanan hyökkäämään Jeesusta vastaan, koska saatana oli sanonut tappavansa Jeesuksen, enkeleidenkin Herran. saatana rusikoi Jeesuksen ruumista ristillä monta tuntia ja Jeesuksen tuska oli hirveä, mutta Jeesus voitti hänet ja saatana hajosi kuin pölyksi ja laskeutui pimeyteen ja teki uuden, murskatun käärmeen ja antikristuksen, yhden hänen olomuodoistaan, kuten myös baal ja rimmon ja peto ovat hänen ilmenemismuotojaan. gnostilaisten Jeesus oli saatana, antikristus. antikristus on myös väärähengellisten, kuten evankelisten ja gospel musiikin Jeesus. Naispapin teki saatana käärmeenä, joka on mies ja naispapin Jeesus, joka antaa hänelle pyhän, on antikristus, saatana.

Itämaiset uskonnot teki langenneet Jumalan enkelit. Esim. buddha oli langenneen enkelin valaisema ja hänen patsaansa on elävän Jumalan kuva, josta ei saanut tehdä kuvaa, ei alttaritaulua, krusifiksia, tai ikonia, eikä enkelistä saanut tehdä kuvaa tai patsasta, ei heitä voi kuvata, he ovat liian pyhiä. Itämaiset enkelit pelottelivat lännestä hyökkääviä voimia mm. elävien eläinten syönnillä raatelemalla. Se oli heidän uhrijumalanpalveluksensa. Se oli kuitenkin myös synti ja saatana teki saman erittäin rumasti ja hirveyden näyttäen.

Hoosianna, Hoosianna kuninkaamme

lauloivat enkelit taivaassa

kun maan ja taivaan valtias

saapui kunniassaan aasin tamman varsalla

Jerusalemiin

Täyttämään tehtävänsä

antaa Henkensä

vuodattaa verensä

ihmisten syntien tähden

Hoosianna. Hoosianna.

Daavidin poika

lauloivat vain ihmiset

he eivät tunteneet Vapahtajaansa

epäusko esti heitä näkemästä

Lunastajansa tehtävää

Kansa laulaa Joulun alla

"Hän saapuu luokse syntisen"

silloinko odotatte Häntä

miksi ette ota vastaan Vapahtajaanne heti

helvettiin se vuoteensa rakentaa

jonka kodissa

Jeesus

ei asu joka hetki

Koittaa päivä hirmuinen

Idän taivas aukeaa

ylimmäinen enkeli

soittaa pasuunaan

enkelien sotajoukko täyttää taivaan

Jeesus saapuu kunniassaan

maan ja taivaan valtias

tuomitsemaan maailman ja enkelit

viimeinen tuomio odottaa

kukin saa sen jälkeen

mitä lihassansa tehnyt

on

Jeesuksen omia

odottaa taivaskutsu

ilo, kunnia ikuinen